ジャスミンティーで眠る夜

YADA Harumi
矢田 晴巳

文芸社

目次

afternoon
tea

はじめに

私の孫は当時（令和2年）7歳と1歳、彼女たちが私の童話を読む、もしそれが叶うとしたらどんなに幸せと思えるだろう。そんな期待を持ったことが執筆活動を始めたきっかけだった。誕生日プレゼントにリボンを付けて……、なんてことを考えて一人ニヤニヤしていた。しかし挑戦すること5年、大賞を取り書籍化を狙って応募した作品はすべて佳作止まり。ただ、ある地元の小さな図書館には私の作品、紙芝居が残されている。以前、保育園児に読み聞かせをしたとき喜んでくれたことが今でも忘れられない。

けれど高齢化社会のいま伝えるべきことがあり〝この数か月の経験〟そこから何かを感じとり、家族という目には見えないつながりを見つめなおすキッカケにしてもらえたらうれしい。たとえ離れていても両親との優しい交流を願う。

これを書くことで両親が知らなかった娘の日常を理解してもらえたらという期待も込めて。

両親からすれば〝それは虫が良すぎじゃないか〟と言われるかもしれないが。

たった半年という短い間に予期せぬ出来事は周りを巻き込み波乱を起こした。後悔・反省・葛藤。

私の耳の後ろには500円玉大のハゲができ、染めたばかりの髪も真っ白と化した。

しかし、そんな中だからこそ人の痛みが理解でき感受性も磨かれるように思う。

いつも通る犬の散歩道に畑があって、そこにはたくさんの野菜を大切に育てている70代の女性、Nさんがいる。

母が入院した日、私は気持ちのやり場がどこにもなくてションボリしていたら話を聞いてくれて、

「どこへも口外せんから私に話してみたら?」

と言ってくれて、泣きながら心の中を打ち明けた。

Nさんは帰りがけに、ナイロン袋に小松菜をぎゅうぎゅうに詰め込んで持たせてくれた。

あの時の私には優しくて心に染みた。その後も畑で顔を合わせると必ず声をかけてくれる。

だからこの半年、悲しいことばかりじゃなくて〝ピンチはチャンスだ〟そうポジティブに捉えてきた。自分の経験と知識を活かしながら周りへの感謝も忘れずに、これからも明るい人生を歩んでゆきたい。

押し花教室

平成25年、私たちは実家から車で2時間ほど離れた所に住んでいて、夫と二人コンビニエンスストアを営んでいた。ちょうど娘が23歳で名古屋へ嫁いだ年。

押し花が趣味だった私は四季の行事とは別に、たとえ30分でもお客様に〝癒しと楽しむ〟を体験してもらいたくて、店の入り口を借りて年に2回〝暑中見舞いカードとクリスマスカード〟押し花のワークショップを開いていた。どうしてそんなことをしていたかといえば、買い物に来てくれて仲良くなったお年寄りの女性が、朝採りのお裾分けと言ってトマトやキュウリを持ってきてくれるからだ。他にも漁港が近かったので漁労長さんが朝獲れの魚を、

「獲ったどぉ」

と届けてくれるというような、普段は私のほうが周りの方たちに支えてもらっていた。

そんな町の方たちと一緒に楽しむ時間を持ちたかったから。

近くの子どもたちも毎年春先になるとパンジーを植えたプランターを店の軒先に置いてくれる。

それは、地域とつながるという小学校の取り組みと聞いた。たとえ学校教育の一環であっても何年も継続するってことは素晴らしい。毎年その季節になると花は満開になり、パンジーはお客様や従業員の心を和ませてくれる。

ある日の夕方、私が水やりをしていると駐車場に停めた車の窓から男性が声を掛けてきた。

「今年も見事に咲いたねぇ、プランターから花がこぼれそうだなぁ」

そう言ってもらえたとき、どれほど気分が良かったか分からない。

いただく言葉だけで仕事は楽しくやる気にもなれる。

「綺麗よね、毎年、小学生がパンジーを植えて店に届けてくれるの」

「そんなことなら、ちゃんとお返しをしないとね」

ずっと前からいつか恩返しをしなきゃと思っていたのに、先に言われちゃった。

その1週間後、偶然その小学校から道徳の時間に〝押し花ハガキを作ることはできないか〟と話を持ち掛けられた。どこかで聞いていたのかな？

もちろん、快く私はその申し入れを引き受けた。

打ち合わせのために小学校へ行くと、花壇横にある玄関入り口で家庭科の先生が待っていてくれて、校長室に案内された。

娘が卒業して以来、学校へ行くことがなかった私は、見るもの全てが新鮮な感じがして、校長室に入ってからも、しばらく上を見たり横を見たりキョロキョロしていた。歴代の校長先生の写真が額に入れて飾られていて、順番に拝見させてもらったけれど、個々に高貴な雰囲気が伝わって素晴らしかった。

打ち合わせは、校長先生と5年生担任の先生を含めた3人での話し合い。

女性の先生が私に聞いた。

「5年生の児童なら作れますか？」

「はい。ハガキに花を置いて和紙をのせて、アイロンをあてるだけなので難しくないです」

「5年生は、もうアイロン使ったことあります」

当日は、そのクラスを受け持つ先生も補助してくれるということだった。

押し花教室は、道徳の時間「50分×2」を利用して開催されることに決まった。

段取りの話を終えると放課後ということもあって廊下にはたくさんの子どもたちがいた。そのうちの一人の男子が私に話しかけてきた。

「どうしたん？　今日は何の用事で来たん？　誰かのお母さん？」

「ハハハ、違うよ。今度5年生のみんなと押し花教室をするの、あなたは何年生？」

そう聞くと、

「えっ、ほんと？　僕も5年生。翔っていうの、ヨロシク〜」

とピースサインを送ってきた。

見たことある子だと思ったら、お母さんと店によく買い物に来てくれる子だった。いつもニコニコして恥ずかしがり屋だけど芯のありそうな可愛い翔ちゃん。もっと児童たちと話していたいと思いながら、学校を後にした。

帰りに店に寄ってパンジーを摘んだ。最盛期は過ぎたけれど花は１００個以上あるかな？　33人×2、十分足りそう。

私の押し花の作り方は実家にあった昔の電話帳を利用する。紙の質がちょうど良くて、水分をしっかり吸収してくれるところがお気に入り。押し花用のバインダーは少々お高いし。

次の日、パンジーの花が全部ないのをお客さんが心配して、

「あれ、花、誰かにむしられたん？」

漁港のほうから自転車で日課のように毎日やってくる70代の女性。

「なわけないよ、全部摘んだのよ。押し花にするために」

「そうなんね、ビックリしたわぁ、なるほど。それなら安心したわ」

店先のパンジー、意外とみんな見てくださってるんだなぁ。


本番までのあと2週間、日々緊張する私だった。

いよいよ当日を迎えると、居ても立ってもいられなくて予定の時間よりも早く学校に向かった。

7月だというのに爽やかな風が吹いている日で（心が弾んでいたからかも）。

学校に着くと自分の目を疑った。地元のマスコミ車両が駐車場に停まっている。まさか私の授業のためじゃないよね？　ちょっと不安になりながらも事前に案内されていた1階の教室に入った。

〝わぁ、懐かしい……机と椅子が小さい〟と思ったら、えっ！　廊下側の窓の外に保護者のみなさんが張り付いている。

人前に立つことが久しぶりだったので、私の緊張感は最高潮に達していた。

そこへ後ろから校長先生が入ってきて、私の心を和ますように一言、「今日はよろしくお願いします、応援しているよ」と。

助かった～と思った。その一言で救われた私。よ～し！　と気合を入れる。

2週間前に摘んで電話帳に挟んで押した花と先に一人1個のピンセットを配った。

「はい、こちらを見てください。実は今日、押し花ハガキに使うパンジーは、皆さんが私の店に届けてくれた花なんですよ、今日はこれを使います」

そう伝えると、子どもたちは配られたパンジーの押し花をまじまじと見て、一瞬ザワザワとしたあと、一人の男の子が私に聞いた。

「これって、ほんとに僕たちが植えたやつなん？　咲いたのをペタンコにしたん？」

「そう。毎年みんながプランターを届けてくれるからそのお礼がしたくて。パンジーを押し花ハガキにすれば色もそのまま残るし、しばらくは綺麗なままでしょう？」

そう話すと、校長先生と担任の先生、教室全体にニコニコ顔が溢れた。

「さぁ、始めましょう！」

みんな真剣な顔をして取り組んだ。みんなの近くに歩いていくと、

「うまくできないな、これ、どうやって置くの？」

「ううん。上手じゃなくていいの、好きな所に置いてみて」

私は彼らのその姿を見ながら、わが娘の小さい頃を思い返していた。いつも忙しくして、こんなふうに遊んでやれなかったな、と。子どもというのは不思議なもので、親がしっかりしていないとなぜか良い子に育つ。

以前、人生の選択をしなければならない状況があって。友人にパン屋さんの居抜きを買わないか、と勧められたのだ。

「そのパン屋さんはスーパーに入るらしくて、パンを捏《こ》ねる機械もある。要るもの全て完備しているらしくて、居抜き物件やらない？　と言われたの。昔から夢だったけど、どうしようって思ってるんだけど」

そう話すと、

「お母さん、何で悩むの？　いま叶うってことは、もう夢じゃないよ。現実なんだよ。私はやるべきだと思う」

とアドバイスをしてくれたことがある。私もちょうどそうやって背中を押されたかった時で、私の知らないうちに彼女はいつの間にか大人になっていた。

最寄り駅は小さいものの、近くには中学校と高校があって、夏はパンでなくカキ氷が大盛況だった。

生徒との交流ももちろん楽しかったけれど、その頃の私は自分の作ったパンが美味しいという声が直接聞ける、その感動を得たいがためにエゴで店をしていた気がする。パン屋さんはいくらでもあるのに何をそんなに入れ込んでいたのやら。実際、そのあとでコンビニを始めた時、パン屋さんより品数も多く集客もあるじゃないかと気づいて一人でうなった。

そのパン屋時代は娘も協力してくれて、部活の帰りで疲れているにもかかわらず19時から2時間くらい仕込みを手伝ってくれる日もあった。パン屋は朝早くから夕方までフル活動。お客様に美味しいを届けたいという心がよほど強くないと維持できない、そう思った。

その店は販売時に夕方パートさんが一人いるだけで、製造・販売の両方をしていた私は3年で身体を壊し断念してしまったが、それでも全く後悔はない。

そういえば、私がパン屋を開業する前に修業をしていたパン屋さんでは、ありがとうルールというものがあった。

それは仕事中に細い通路をすれ違うときゴメンというのではなく、どちらかが通してくれたという意味で〝ありがとう〟を言う。それはすごく素敵なことだと感じて今でも実行している。

耳で感じたり目で見て良いと感じたことはすべて〝経験は宝なり〟。

そうこうしているうちにチャイムが鳴って休憩。子どもたちの近くに行って、出来栄えをチェックする。

「こんなハガキ、たくさん作ったことあるの？」

と一人の女の子に声をかけられた。

「うん。もっと大きい紙に押し花をたくさん貼って、花束みたいにしたこともあるよ」

そう答えると、

「へぇ、いいなぁ、私も作りたい」

そんなふうに興味を示してくれて、少しは恩返しができたかもと私は心が満たされた。

教室から家庭科室に移り、児童33人一人一人アイロンの工程を手伝って、押し花ハガキを仕上げた。

最後に挨拶をするとき、先生の合図をきっかけに子どもたち全員で、

「今日は楽しかったです、ありがとうございました」

そんなみんなの元気な声を耳にした時、ちょっとだけウルッとする私だった。


夏休みが終わる頃、見覚えのある男の子が店に私を訪ねてきた。声をかけてみると、押し花ハガキを宮城《みやぎ》のおじいちゃんに送ったら、おじいちゃんから電話があって、褒めてくれたらしい。綺麗だとおじいちゃんに褒められたことがうれし

くて、押し花ハガキをもう一度作って送りたいという。その話を聞いたとき、私は自分のことのようにうれしかった。

2日後、その男の子のお母さんに押し花ハガキのキットを預けて作り方の説明書を渡すと、

「パンジーを育ててくださって、その上パンジーで押し花を作るなんて。素敵なことですね。翔のハガキを義父が喜んでくれたんです、本当にありがとうございます」

と、翔くんのお母さんは泣きそうな顔をしてお礼を言ってくれた。

「私じゃないですよ、ここまで輪をつなげてくれたのは翔ちゃんです。私のほうが翔ちゃんに感謝しています」

そう言って横を見ると、翔ちゃんはお母さんのそばで照れ笑いをしていて、

「ねぇ、郵便屋さん何時に来るの？」

「う〜ん、11時かなぁ。おばちゃんが手紙渡しておこうか？」

そう聞くと、

「ダメだよ、僕が郵便屋さんにお願いするの。冬休みにじいちゃんとこ行くって書いたんだ」

翔ちゃんは宮城のおじいちゃんのことが大好きなようだ。子どもの心ってなんて素直で純粋なんだろう。

そんな翔くんを見ていたら、手紙を受け取って喜ぶおじいちゃんの顔が目に浮かんだ。

もったいないオバケ

私が45歳の時、父は75歳で母は73歳だった。

1店舗目が軌道に乗ったのはちょうどこのくらいの時期でコンビニを始めて5年くらい経った頃。

2店舗目をすると決めた時、確かに今よりも忙しくなることは自分でも分かっていたけど想像以上に自分の時間が取れなくて、いつも笑顔というわけにはいかなかった。たまに実家に帰ると、

「ほ〜ら、また、眉間にシワができとる」

そう言って笑顔をくれる母で、

「えっ？　そう？　そんなでもないけど」

と元気なふりをする私だった。母や父に心配をかけたくなかったから。という
より、そうでないと日頃頑張る自分に自信を失くしてしまいそうで。
甘えてしまうとヘナヘナ～となってしまいそうで怖かったのである。
でも、親はそんな私に気付いていたのかもしれない。電話の時も母の最初の一
声は、
「元気にしてたん？　連絡なくて、心配してたのよ」
それはふんわりと優しい言葉だった。
「忙しくて時間が取れないの、ゴメンね！　暇ができたら必ず泊まりに行くから
ね」
そう言うと、
「元気ならいいのよ、また電話ちょうだいね」
と言う。あの頃は、ほんとうに忙しくしていた。従業員が体調を崩して急に私
がピンチヒッターということもあったし、旅行へ出かけるにも日帰りの実家さえ

も店の従業員への申し送りを済ませ、準備万端でないと行くことはできなかった。

そんな追われる毎日を過ごしていた私は、自分のことが精一杯で両親の生活まで考える余裕がなかった。

考えるどころか、2か月3か月もほったらかしにして。そんな生活を2年も続けていると、親との距離はどんどん開いていって、電話が久しぶりになると、

「何やった？　何かご用？」

といきなりキツい言葉の母に私は言葉が出なくなって一瞬黙る。

ずっと電話をせずに悪いなぁ、という気持ちもありながら時間をつくって電話したのに。

「何も用事がないなら、忙しいで切るよ」

「うん、来週帰れそうで……」

そう言いかけるも、

「忙しいなら、わざわざ帰って来やんでいいわよ」

と母のほうからガチャンと切られてしまう。

なんで切る？　せっかく電話したのに、と私は腹が立った。その頃の私は、母のその行動が淋しさからだなんて想像もできなかった。

当時の母は綺麗好きで、いつ実家に帰ってもトイレやお風呂、キッチン周りもピッカピカで、私にはとても真似できないなぁ、と感心するほどだった。たまに帰ると、「ねえ、拭き掃除したいから、手伝ってくれへん？」と言われ、え〜っ、久しぶりに帰ってきたのに掃除？　と、いっぺんに疲れが出て、こんなことなら帰ってこなきゃ良かった、なんて思うこともよくあった。

まぁ、たまにしか帰ってこないのだから仕方ないか、と重い腰をあげる。

当時はそんなやる気満々の母を見て、負けずに私も綺麗にしなきゃとよく感化されたものだった。


2年ほど経ったある日、久しぶりに実家に帰ると母はソファに座り、かりんとうをつまんでテレビを観ていた。

「久しぶりやね、元気しとった？」と母は笑顔で迎えてくれる。

「うん、元気よ。お母さんこそ変わりなかった？」

「私は元気、それよりもお父さん、糖尿の数値が良くないらしくてね」と、あまり心配してなさそうに話す母。

「そうなん？　それ、毎度のことじゃない？」と軽く笑った。

話が少し落ち着くと、「いつも観ているドラマだから、続きが観たいの。ごめんね」と、またドラマにかじりつく。

夏の暑い日だったから、私はシャワーを浴びようと風呂場へ行った。マットが外に干してあるかもと、確認のために風呂場のドアを開けてみる。

「ええ〜っ」

ドアを開けて思わず声が出た。どうしてこんなことになってるの？

なんと！　お風呂の床とマット、その床も赤カビだらけ。自分の目を疑った。

あの綺麗好きだった母はどこへ行ったのか？　それを見た時、私はちょっと不安になった。

ここで初めて母の「老い」を感じたのだ。面倒くさくなってきたのかなぁ。そうだよね、もうすぐ母は80歳になるんだもん。そう思って、内緒でカビ取りスプレーをシュシュシューッとまいて、15分ほど放置して流しておいた。掃除をしながら〝もしもこの先、母が掃除、洗濯、料理ができなくなってきたらどうしよう、片道2時間もかかるのに〟と不安が脳裏をよぎる。離れていても常に両親のことを気にかけているのは本当、でも、日々追われる生活をしている私にはどうすることもできないと自分の中で言い訳ばかり。

それに、まだ元気で何でもできると勝手に決めつけていたのである。

家は昔の造りでリビングと台所はつながっていなくて、以前、両親は改築を検討したようだけれど、建物の構造上リビングダイニングにはできないと言っていた。台所にはクーラーがなくて夏は異常に暑かった。

私は喉が渇き冷たいお茶が飲みたくて冷蔵庫を開けた。

〝しまった！　開けなきゃ良かった〟

〝あ〜あ、フゥ〜〟

また溜息がでる。これ、どうするかなぁ？　いつの物か分からない食べ残しのおかず。1年以上経つ賞味期限の切れている納豆。パックのサラダ、レンジでチンするだけの食品。
2、3個手に取ってみると、ほとんどが期限切れ。この冷蔵庫には、もったいないオバケがウジャウジャいる。
一旦この冷蔵庫に入れられた食材たちは、長期にわたり留置されてしまうのか。掃除を始めたら、きっと1時間じゃ終わらない。どうしようか。

そう考えていると父が2階から下りてきて、

「ああ、ちょうど良かった。言おうと思ってたんや。グチャグチャやで片付けてくれんか？」

と、困り果てた顔で頼んできた。

「ええっ！　全部は無理じゃない？　いくらなんでも」

そう答えると、

「下の野菜室見てみぃ、ひどいぞぉ～汁が出とるし」

父がそう言いかけたので、

「見たのなら、お父さんがすればいいいんじゃないの？」

と言ってしまった。

「何やその言い方は……、俺が片付けるんか？」

父は私よりもさらに不機嫌な顔をした。

昔から〝男は台所に立たない、炊事、掃除、洗濯は女性の仕事〟という考え方の父。

今はそんな時代じゃないよ。男女平等だよと言いたかった。でもそんなこと、戦前生まれの父に言っても理解できないだろう。そこに協力はないのだろうか？

考えようともしない頑固一徹な父。

確かに期限が切れて数日経った納豆をもったいないと食べている。

だから家事をしなくても良いのか?

とにかく、もったいないオバケが住み着いた冷蔵庫は近いうちにお祓《はら》いをする必要がある。

麻雀はお好き?

お盆休みに1日だけ実家に帰れた時のこと。

母がカバンの中から財布を取り出すと、私に1万円を渡してきて、

「これで今晩のおかず、何か考えて作ってくれる?」

と言ってきた。

「こんなにいらない、3千円もあれば考えて作るよ」

そう言いかけたが全く聞いていないふうだったので、私一人で買い物に出かけた。夕方4時から母のお楽しみ時代劇の時間。以前、電話でそう聞いていた。

その時代劇は一話で完結する。悪党は最後お縄になり、お白州にて裁かれ、めでたしめでたし。勧善懲悪の『水戸黄門』。

観るとスッキリするし、その日に嫌なことがあったとしても一件落着。

私はというと続編ドラマは嫌いじゃない。次の週まで楽しみができるから。

でも、録画しておいて一気に観るパターン。当時は夜になるとウトウトしてしまって、集中できずに内容はチンプンカンプン。だから、いつも世の中の流行りについていけなかった。

人気のドラマの話を従業員同士で休憩中に話していても、私だけ蚊帳の外。

そういう時は淋しかったな。

それに昔から私はあまりテレビを観なかった。というより、観る時間がなかったというほうが正しいかもしれない。私にも若い頃好きな男優がいて今の母みたいに「話は後にして」ということもあった。

テレビは、しばらく観ないとそれはそれで気になることもなかったし、何より目の前にすることが山積みで、どうしてもそっちを優先せざるを得なかった。

でも、年末恒例の紅白歌合戦、それだけは毎年欠かさずに観ていた。

日頃よく聴いていた曲でも年末になると一味違う。こんな意味の歌詞だったかと改めて耳にとまる。

演歌になればなおさらで、自分の過去の境遇〝恋愛〟を重ね合わせたりして、泣いてしまうことさえある。

この歳になると何がきっかけか、忘れていた記憶がふと蘇ったりすることがあって、それが嫌なことだと一日気分が下がってモヤモヤ、楽しいことだとルンルンした日になる。それが歳をとるということなのかもしれない。

それと、若い頃より涙もろくなった気がする。感動的なドラマなんか観ちゃったときにはもう大変で。周りの誰にも気づかれないよう横向いて、ティッシュつまんで拭き拭き。

この日も今度はいつ実家に帰れるか分からないと思って、自分の料理を食べてもらうために何を作ろうか悩みながら、車のエンジンをかける。しかし、不安になる。

さっきチラッと見えた、母の財布の中のクシャクシャに押し込まれたレシート。どのくらい家計簿をつけてないのか気になった。食費や生活費は毎月父の年金からやりくりしていて、母のお金の使い方について、以前父から相談をされたことがあった。生活費が足りないと言う母とやりくりが下手と言う父。

その時の二人の話し合いは、母が父の小遣いを減らすということでひとまずは決着がついたようだった。

車の免許を返納した父にはガソリン代も必要ないし、要るとすれば部屋でポリポリかじるお菓子代だけ。それも二人の食費から買ってもらえるからお金は使わずに済む。

父の日常は、2階で朝から新聞を端から端まで数時間かけて読み、昼からは趣味のパソコンでビデオ編集と麻雀を楽しんでいる。強いコンピューター相手に夕飯までパソコンと遊んでいるのだ。父に以前、聞いたことがある。相手がパソコンなのに、それでもゲームが楽しいの？　と。

父は照れくさそうに〝いやぁ、少しでもボケないように考えて遊んでるだけ〟と笑っていた。

そんな父を見ていたら切なくなった。夫婦なのに1階と2階でバラバラで、違うことをして。とことん顔を合わせたくない二人なんだ。

こんな夫婦、私ならイヤだ。

24時間とは言わないが、せめて週末くらいは一緒に買い物に出かけたり、美味しいものを食べに行きたい。

旅行だって年金をもらうようになったら出かけたい。なんてよく耳にするけど、その年齢になってからだと足腰が元気か不安だ。そういえば最近〝いつになったら旅行に連れて行ってくれるのかしら〟なんて母も言ってた。

父の定年から20年以上経つけれど、母はまだ希望を捨てず待っているのだろうか。う〜ん、それも切ない話。

「お父さん、今度みんなで旅行に行かない？　犬も一緒だけど」と聞いてみたが、返事がない。

幼い頃から犬は飼っていたが、家の中で飼うことは父の意に反することらしく、それを許さなかった。

昔は犬を飼うといえばみんな外で、人間の食べた残り物に味噌汁をかけてあげていた、それが一般的だった。

ここ数十年で洋犬は増え多種多様、最近は内飼いをする人が多いように感じる。息子がお留守番のとき寂しくないようにとか、子どもが大きくなって家庭に活気を取り戻すためだったり。

そういえば幼い頃に外で飼っていた柴犬のレオ。ウルトラマンレオが流行った時代で名前を付けたのだが、その犬には申し訳ないことをしたと思っている。

当時犬に玉ねぎを与えてはいけないということを知らなくて、あげてしまった。

そのときは犬も平気でお腹を壊すこともなく元気にしていたから知らないままだった。

大人になり動物を飼うようになって初めて犬に食べさせてはいけない物を知った。塩分（ナトリウム）を多く摂りすぎると心臓や腎臓に負担がかかる。

それでも私が食べていると横から欲しがるこの子（現在家で共に暮らす犬）たち、毎日が私と愛犬との根比べ。

柴犬レオを飼っていた当時から考えると約30年経つが、実家へ帰る時も必ず犬と一緒の私に根負けしたのか、それとも絆を感じ取ってくれたのか、父は最近、犬の頭を撫でるようになった。幼い頃に噛まれた経験があるのか？　というくらい最初はあっちへ行けと嫌っていたのに。

黒いものは黒としか判断しなかった父も最近はグレーもありだと考えられるようになったのか、それとも父はあんまり興味がないのか。

でもこの間、父の部屋に行ったとき〝施設の人たちが犬と会えるのを楽しみにしているみたいで、今度はいつ来るのか？　と聞かれたぞ〃と言っていた気がする。他の話の途中だったから聞き流したけれど、ワン子たちを待っていてくれるなんてうれしい話。

さっき父の部屋で話していた続きの最後に、

「旅行は今度計画するとして、近いうち私の友達も呼んで4人で麻雀しない？」

と言ったら、一瞬は目を丸くして驚いた父だったけれど、そのあと今までに見たことがないような笑顔で、

「ええっ、お前も麻雀できるのか？」

って、そんなにうれしいの？　と私のほうがビックリした。

やっぱり麻雀はお好きなようで。

ストレス解消

　実家にいるとき、町内の回覧板の中に市役所の広報紙が挟まっていて、「認知症予防」とか、認知症専門外来クリニックの紹介などがされていた。父は慎重派なのでわざわざ近くのコンビニでコピーを取り、自分の部屋の大事な書類バインダーにしっかりと残してあった。母の、お金の使い方やカバンを忘れてくるという、「物忘れ」を心配していたこともあり、気になったのだろう。

　実は父と母は昔から仲が悪くて、オーバーヒートすると決まって父は私に電話をしてくる。自分のイライラを私にぶつけるためでもある。ある日の夕方、

「何とかしてくれ、俺の言うことあいつは全然聞こうとせん」

「またまた……、どうしたん？」

「あいつ夜の12時過ぎてもテレビつけっぱなしで舟こいで、早く布団に入れ！と言っても聞かんのや」

「そうなん？　私が言っても同じよ。結局はお母さん、反抗するだけやもん」

「いやいや、お前の言うことなら、聞くと思うぞ」


そんな日常は当たり前だと思っていた。でも、そう思っていたのは私だけ。というより、両親が「老いる」ということに対して、私は理解するどころか背を向けてきた気がする。私にも自分の生活があるとか、商売しているのだから、とそんなふうに自分の都合のいいように解釈して。

実家に帰らない私を両親はどう考えていたのか。

ここにくるまで親の生活なんて真剣に考えもしなかった。

仲が良くない二人は家庭内別居に等しくて、実家へ泊まりに行った日、晩ご飯を三人で食べていると、ニュースを見たい父とバラエティーを見たい母がいた。

チャンネルの取り合いとまではいかなくても、好きな番組を自分が見られないと二人とも不機嫌そうな顔をする。

ある時は気に入らないおかずだとあまり手をつけず、漬物ばかり食べる母に父は注意する。

〝ちゃんと焼き魚も食べやなあかん〟

そうやって、些細なことから喧嘩が始まる。こんな夫婦見ていたくないと何度思っただろう。それが嫌で実家に足が向かなかったのも理由のひとつだった。

父は1階に行くと喧嘩になるので毎日2階の部屋にこもり、ご飯の時以外は一歩も部屋から出てこない。

母もまた、父が知らぬ間にどこかへ自転車でフラフラと出かけてしまう。自転車だと、3キロでも4キロでも平気でススイーッと走っていく。

ある日、父から電話があって、

「ばあさん病院へ行くとテーブルにメモを置いて行ったきりでまだ帰らんのや。

おまえ知らん？」

時計を見ると、もうすぐ夕方5時になろうとしていた。

「うん、知らない。聞いてもない。でも、もうこんな時間だから、帰ってくるんじゃない？」

そう伝えて電話を切った。考えてみると、そんなことが度重なったから父の心配性が発症したのかもしれない。

父に遠回しに促され、仕方なく母の携帯に電話をしてみる。

「何やった？　今、百貨店へ買い物に来たのよ」

「お父さんが心配して私に電話してきた。遅くなるなら、ちゃんと電話しやなあかんわさ」

そう伝えると、母は驚いたように、

「えっ、何を心配しとる？　病院て書いてきたのに」

そう父への文句を私に言うと、母は電話を切った。

その時はまだ、母の浪費癖に気付いていなかった。

その日の夜、父からまた電話がかかってきて、

「聞いてくれ！　ばあさんおかしいわ。ご飯炊く準備してあるのに弁当買ってくるし、行きは自転車で帰りはタクシーなんや。自転車はどうした？　と聞いたら、知らんと言う」

今まで多々聞いてきた父の話から私も母が普通じゃないと感じてはいた。父は以前から母のお金の使い方も心配していて、お金の管理は娘のお前がしたれと言われていた。でも自分のことじゃないし毎日横に居るわけでもない。まして、母がお金に執着していることを知っていた私は〝触らぬ神に祟《たた》りなし〟と知らん顔をしてきたのだ。

父の話を聞いて嫌な予感がした私は、後日実家に帰ると、お金のことを真っ先に母に確かめた。

「お父さんも心配しているし、お母さん、通帳を見せてくれない？」

「何なのよ、急に」と、不機嫌な顔をしながら母は通帳を出してきた。

「え〜っ、何に使ったらこうなるの？　何を買ったの？」

あまりの減りようにビックリして問いただす言い方になった。週に2回、20万ずつ。遡《さかのぼ》って計算すると、半年で約６００万円もなくなっている。一瞬にして背筋が凍り付いた。父の角を立てた顔が目に浮かんだからだ。

「いいやないの、私のお金よ。どう使おうが勝手、お父さんみたいにあんたにまでいろいろと言われたくないわ」と過剰に反応して怒る母。

「そうじゃない。使っていいよ。ただ、お父さんがいつも言ってるでしょ、老後にお金が必要になるから、考えて使えよって」

そう注意すると、

「お父さんに見張りばっかりされるし、それがストレスなんよ。買い物するとスッキリするの、好きなように使う。なくなったら死ぬだけよ」と母は答えた。

母の声が大きかったせいか話の途中に父が2階から下りてきて、ソファに座り、横で続きを聞いた。

最初から内容が全部丸聞こえだったのか、

「何でそんな考え方しかできんのや、情けない。もう手に負えん」

と両手で頭を抱える父だった。

この頃の父は少しでも平穏に過ごせるよう、母との距離を考えて日々過ごしていた。

悪魔と天使

次の日また実家に帰った。2階の部屋で父から状況を聞く。

二人の年金から食費やその他にかかる費用を見直すために。

実際のところ二人の年金額は限られているわけで、にもかかわらず、母はその生活費から自分の欲しいものを衝動買いして月末には毎回足りなくなってしまう。

その問題はかなり前からで、そのせいで父の小遣いは3万円から1万円に減ってしまったのである。それでも父はこの生活がうまくいくよう、私のいないところで夫婦二人の生活を守るために一人で試行錯誤していたのだ。

二人が問題を起こすたびに2時間もかけてここまで帰ってくるのは、正直しんどい。まして仲良くない二人を見ていると、こちらまでネガティブが移りそうで嫌だった。

　生活費の見直しの話が終わると、次に、延び延びになっていた母の睡眠薬常用の話をした。父に相談しても、やめるようお前から言えばいいと毎回それだけで話は終わってしまう。睡眠薬の常用は、そんなに簡単に自分の意志でやめられるものではないと思っていて、それを深く掘り下げることで問題は異様な方向へと発展しそうで、ずっと触れないように避けてきた。

　でも、これ以上放っておけなくてもう一度父に掛け合うことを試みた。

「実は、お母さん、まだ睡眠薬飲んでいて、前に注意したけど飲むのは夜で、その場に私いないからお父さんも協力してほしい。夜、リビングに下りてくるとかしてほしい」

　そう話すと、知らなかったと言わんばかりに、

「何でやめさせへんの？　俺が言ってもあかん、なんで今まで黙ってたんや？」

　と父はとぼけた。

話していないわけがない、そんな重大なことを。そのあとも、その話になると父は無口になって、このままじゃいつまで経っても埒《らち》が明かないと、私から母に話すことにした。

「お母さん、今飲んでいる睡眠薬やめようよ。以前泊まった時、変なこと言ったよ。そこに寝ているのは誰？　あんた誰？　って。部屋を出たり入ったりして、すごく怖かった。私は寝たふりしたもん」

「え〜っ、そんなこと全然知らんよ。覚えてないわ」

母は、不思議そうに目を丸くして答えた。

その症状はたぶん、眠剤の過剰摂取による幻覚症状だろう。

それから1か月が過ぎ、母の料理中に夫婦で言い争いになったらしく、

「いつも調理する音よりも乱暴で大きめ、物に当たるように怒りをぶつけてきた」

というのだ。

父は脅かされているような感覚になったらしく不安からか、恐怖を感じるから何とかしてくれと私に電話で助けを求めてきた。

その時は、またいつもの喧嘩だろう。売り言葉に買い言葉、ヒートアップしただけだろうと思って聞き流していた。でも次の日になると、私は電話の向こうの二人の狂気のさまを想像して少し恐怖を感じた。

〝何か起こったらどうしよう〟

そんなふうに時間が経つにつれ、父の言葉が余計気になってくる私だった。

その時思った。もう少し早く対処するべきだった、と。

父と相談して、認知症専門外来に母を連れて行くことにした。

当日車に乗り病院に着くまでの間、私は動揺で不安定な気持ちだった。恐らく父もそうだっただろう。

母が途中逃げ出したらどうしようとか、その先を想像すると……。

なんせ母には自覚がないのだから。

無事病院に着いた。母の名前が呼ばれ診察室へ行く。

「今日は、何年の何月何日ですか？」

先生からの簡単な問いにも答えられない母。

どうしてこんなことが分からないの？　私は肩を落とし同時に目が潤んだ。

母の診察が終わると、私だけ診察室に呼ばれ先生は私に質問をしてきた。

「他に困りごと、問題はありますか？」

そこで初めて母のことを家族以外の人に伝えたのだ。確かに話す勇気は必要だった。聞かれて話すまで5分はかかったと思う。

医師だから話を聞いたところで呆れるはずないと分かっているのに。

睡眠薬を飲んだことを忘れて夜中にビールを求め買いに出かけ、途中で睡魔に襲われフラフラとこけて怪我をした、そんな事実を一つ一つ先生に話した。

後日、父と話し合って、検査を受けた認知症専門外来の先生に精神科への紹介状をお願いした。

「脳・要検査」という名目で認知症外来の先生から精神科の先生宛にファクスを入れてもらい、精神科病院との打ち合わせを先に済ませておいた。

予定をしていた1週間後、実家から1時間くらいの病院まで母を乗せて車を走らせる。病院に着くと、改めて認知症の検査や心電図などいくつかの検査が行われた。母が検査を受けている間私だけ隣の部屋に呼ばれ、看護師さんから幾つかの質問を受ける。

母の若い頃からの病気や父との生活環境、細かく話しているうちに母が私にのり移ったような感覚を覚えた。きっと父の厳格な性格が母の認知症をより悪化させたのだろう。

二人は昔多かったお見合い結婚だった。母の実家は商売をしていて派手な生活環境で、父の実家も商売をしていたが質素な生活をしている家庭だった。

母の父はクリーニング屋をしていて戦争が終わり外国から日本に船が着くよう

になると、寝具やカーテン、テーブルクロスなどを洗いお金儲けをしていたらしい。その中の破れた一枚を安く譲ってもらい、姉妹たちの素敵なドレスを作り近所の人を驚かせることもあったようだ。当時ではまだ珍しかったドロップやチョコレートも日本人の中ではいち早く口にできたと聞いた。母はお嬢様育ちなのだ。

そんな育ちも価値観も違う二人が共に生活をしてきたのだから問題が起きないわけがない。今は性格の不一致や価値観の違いで離婚するのは当たり前の時代だが、昔は近所の手前、簡単には答えが出せなかったのだろう。しかし、ここまで頑張ってきたのだから喧嘩をしながらでも60年連れ添った二人には私から努力賞を贈りたい。

検査は朝10時から始まって、時計を見るともうすぐ12時になろうとしていた。

診察室から戻ってきた母は、私に、

「今日は何のためにここへ来たん？　なんで検査をするの？」

と聞いてきた。

「お母さん、睡眠薬は身体に良くないの。今、脳がどういう状態になっているか調べに来たの」

と答えた。家族が母の入院を決めたのだ。

全ての診察が終わり、待合室で待っていると看護師さんが母に声をかけた。

「検査、お疲れだったでしょう？　向こうで少し休みましょうか？」

そう言われると、母は平常心を装うかのように髪に手をやり、立って上着を整えた。と同時に今までに見たこともないような怖い顔に変わり、

「えっ！　向こうって？　私今からどこへ行くの？」

母は震えるような声で聞いた。

看護師さんが母の腰にゆっくりと手を回した。その手にドキリとしたのか、

「何が何だか分からない。私に触るな！　離して！」

と、いきなり暴れだした。そのあと、飛びかかりそうな勢いで私に罵声を浴び

せた。

「おまえ、親の私を騙したな。ただじゃすまんぞ。よ～く覚えとけ！」

その言葉を耳にしたとき、私は胸がドクドクして身体中が熱く目頭も熱くなって涙が溢れた。だんだん前が見えなくなって立っていられなくて、待合室の椅子にドスンと座りこんだ。

これが今までほったらかしにしてきた罰だ。

まだ何かを叫んでいる声が後ろから聞こえてきて、そちらを見ると、二人の看護師さんに両脇を抱えられ、それでも必死にもがき両手で扉にしがみつく母がいる。刑務所にでも入れられるような恐怖を感じているのだろうか。

あとで知った。奥にもう一枚錠扉があると。

精神科というだけで病院の印象は良くなかった。病院内の様子が理解できていなくてすごく怖かった。

〝この場からすぐにでも逃げたい〟

そう思うのに足は釘を打たれたみたいに動かない。待合室から玄関、車までは数メートルという距離なのに。

頭の中が真っ白で自分の置かれている状況が把握できない。ただ、今まで現実をほったらかしにして、目を背けてきた自分への戒め、それしかなかった。

あの姿を見たときすぐに母に謝りたかった。土下座をして、ごめんなさいと。

これから母はどうなるのだろう、いま目の前にある現実と闘う。

数秒後、何事もなかったかのように静まりかえった待合室に後ろから小さな足音がしてきた。

「大丈夫ですよ、心配いらないです。後はこちらで対処しますからね」と、優しく私の背中をポンポンとしたのは、さっき母の横にいた二人の看護師さんの一人だった。これが本当の「お手当て」というものだろうか。目を細めて笑みを浮かべるその表情は天使を想像させた。

私の心を救ってくれる。

〝母の依存を治すため〟

〝必ず母は元気になる〟

〝そのためにお母さんを入院させるんだ〟

〝決して母をいじめているわけじゃない〟

そう何度も心の中で自分に言い聞かせた。

もう帰ろう。そう思ったとき後ろ髪を引かれるとは、こういうことかもしれないと思った。初めての経験だった。

一刻も早く現実から逃げたくて、振り切る思いで精神科の玄関を後にした。

そのとき唯一正しかったのだと思えたことは、その場に父がいないことだった。荒々しく泣き叫ぶ母の姿を見なくて済んだのだ。

これで全てが解決すると信じて後は病院に任せよう。

そう頭の中で整理しながらゆっくりと歩いて車に乗り、横にあったお茶で喉を潤し感情を落ち着かせると、父からの着信記録に気がついた。急いでかけようと

しても手元が震えてなかなかうまくかけられない。その手を震わせながら父につながると、

「大丈夫やったか？　お母さんどうやった？」

「うん、大丈夫」

とひとこと。

「その場に居なくて良かったよ、看護師さん二人に連れていかれた」

父には動揺を悟られたくなくてサラッと伝える。

「そうか。入院するって？」

「そう、先生は最低でも3か月はかかりますって言ってた。長いね」

「えっ！　そんなにか？」

私と同じように動揺しているように思えた。

「でも、お母さんが居なくなったから、これで安心ね」

そう伝えると、

「まぁなぁ、しかし3か月も入院か」

電話の向こうで焦る父を想像した。

入院か？　とは、どういう意味だろうか。父と私が相談して決めたことなのに。

その言葉はまるで私のとった行動を否定されているようで腹が立った。

母を病院に置いて帰るには、それなりの覚悟が必要だったのに。

このとき脱力感に襲われていた私は、父からのねぎらいの言葉一つでも欲しかったのである。

以前から父に不満を持っていた私は、その鬱憤をいま晴らすかのように言葉を放った。

「何とかしてくれって言ったのはお父さんでしょ。今胸が苦しくてどうしようもない。どんな想いでお母さんを病院に置いてきたと思う？　もう電話切るから」

そう言って、ブチッと電話を切ったがすぐに後悔した。父が悪いわけではない。

我に返りナーバスになっている自分に気がついて、大きく息を吸った。

しかし何回深呼吸をしても、さっきの出来事が大きすぎて心臓の疲れは取れない。もう我慢の限界だった。

車の中で大声をあげて泣いた。苦しい、助けて。

いまの自分を理解してもらいたい。夫の声を聞きたくて電話をかけた。

電話がつながるとスピーカーの奥からワンワンと犬の鳴き声が聞こえてきて、

「終わった？　お義母《かあ》さん入院した？」

「うん」

ホッとしてうんとしか言えない私に、

「そっか、偉かったな、気をつけて帰っておいで。帰ってきたら、みんなで散歩に行こうな」

いつもより優しい夫に私は幼い頃の父に似た愛情を感じた。

実は小学校を卒業以後、父に甘えた記憶があまりない。私が20歳になってからも門限は7時で、同級生から飲みに行かないかと誘われてもいつもごめんね、また今度ねと言うしかなかった。

それでも、友達から誘われたディスコにだけはどうしても行きたくて、反対されることを承知で父に行かせてほしいとお願いした夜がある。家から電車を乗り継いで店に到着すると、ドリンクを注文し、たくさんの人に紛れ込み私は夢中になって踊った。あっという間に時は過ぎ、気づいた時には11時を回っていた。

一緒に来ていた友達一人に声をかけて慌てて店を飛び出した。まるで12時までに家に着かないといけないシンデレラみたいだった。

田舎のローカル線は1時間に2本しかなくて、というのは言い訳で5分の遅刻。父は怒って、

〝5分といっても遅刻は遅刻だ〟

と真夏の夜に30分玄関前で反省させられる私だった。

実はあの時20か所も蚊にさされてしまって、すごく痒かったのよね、それが若い頃の一番大きな思い出よ。

でも、そうやって厳しく育ててくれたから、人の道に外れない社会性と判断力が身に付いたのかもしれない。

ありがとう。

第二の人生

あれから半年が経ち、母は睡眠薬とアルコール依存から無事解放されて正常になった。喜怒哀楽の表現も正常にできるようになった。

普段は温和、優しい笑顔も取り戻すことができた。

精神科の先生と看護師さん、事務受付の皆様、それから入浴のお手伝いや身体のケアをしてくださった方々には心から感謝しています。

〝本当にありがとうございました〟

半年で精神科を退院した母は高齢者住宅に移り、明るく規則正しい生活を送っている。

部屋はテレビとタンス、ベッドを置いたらちょうど良いかなぁといった感じの広さで、3時のおやつにはお菓子とジャスミンティーを片手に大好きな玉置浩二さんの音楽を聴いている。

母は昔から絵を描くことが得意でプロを目指せば良かったのでは？　というくらいの腕がある。

退院する直前には、サ高住（サービス付き高齢者向け住宅）のデイルームへ行き絵を描く時間ももらえたようで、すごく楽しかったと母本人から聞いた。

それを知っていた私は、母が退院する少し前に母の絵を活かす方法がないかと娘に相談していた。

すると2週間くらい経って、娘から、「1年後にばあ・娘・孫の3人でそれぞれの得意分野の個展を一緒にするのはどう?」と、素敵な提案が返ってきた。

私はすぐに電話を切って、そのことを真っ先に母に報告しに施設へ向かった。

今は父と母二人とも施設で暮らしているけれど実家にいた頃の父は、喧嘩にな

郵 便 は が き

料金受取人払郵便

新宿局承認

2524

差出有効期間
2025年3月
31日まで

（切手不要）

1 6 0-8 7 9 1

141

東京都新宿区新宿1－10－1

(株)文芸社

愛読者カード係 行

お名前《ふりがな》		明治 大正 昭和 平成	年生 歳
ご住所《ふりがな》	□□□-□□□□	性別	男・女
お電話番号	（書籍ご注文の際に必要です）	ご職業	
E-mail			
ご購読雑誌(複数可)		ご購読新聞	新聞

最近読んでおもしろかった本や今後、とりあげてほしいテーマをお教えください。

ご自分の研究成果や経験、お考え等を出版してみたいというお気持ちはありますか。

ある　　ない　　内容・テーマ（　　　　　　　　　　　　　　　）

現在完成した作品をお持ちですか。

ある　　ない　　ジャンル・原稿量（　　　　　　　　　　　　　　　）

書　名			
お買上 書　店	都道 府県　　　市区 郡	書店名	書店
		ご購入日	年　　月　　日

本書をどこでお知りになりましたか?

1.書店店頭　2.知人にすすめられて　3.インターネット(サイト名　　　　)

4.DMハガキ　5.広告、記事を見て(新聞、雑誌名　　　　)

上の質問に関連して、ご購入の決め手となったのは?

1.タイトル　2.著者　3.内容　4.カバーデザイン　5.帯

その他ご自由にお書きください。

(　　　　)

本書についてのご意見、ご感想をお聞かせください。

①内容について

②カバー、タイトル、帯について

弊社Webサイトからもご意見、ご感想をお寄せいただけます。

ご協力ありがとうございました。

※お寄せいただいたご意見、ご感想は新聞広告等で匿名にて使わせていただくことがあります。

※お客様の個人情報は、小社からの連絡のみに使用します。社外に提供することは一切ありません。

■書籍のご注文は、お近くの書店または、ブックサービス(0120-29-9625)、セブンネットショッピング(http://7net.omni7.jp/)にお申し込み下さい。

れば一言目には母に〝何も取り柄がない、お前は何もできないくせに〟と嫌みを言うことが多かった。その言い方は受け取る側からすれば反感を抱くだけで何の効果もなく、気持ちを逆撫でするだけじゃないかといつも感じていた。

若い頃の母は着付けを習い免状も持っていたし、母の3姉妹はモデルをしていて、当時はちょっとした有名人でもあった。絵だって才能はあるように思う。

以前飼っていた犬
母82歳時の絵

生まれてから約80年、今まで形成されてきた性格や根本的な考え方は今さら父の思い通りには変わらないかもしれないけれど、得意分野を活かすということは、今後母が生きていく上でも重要なことだと思う。

コンビニをしていた頃の人間関係は私も頭の痛い経験もしたし学んだけれど、一番重視していたことがやはりそれ。上から目線でモノを言えば従業員からはたちまち嫌われる。気持ち良く仕事をしてもらうためには、否応なく機嫌取りも必要だった。お願いや仕事をしてほしいときには、自ら率先して行動する。今やそんな時代なのである。

昔からビデオ編集が得意な父は自分で作った作品で全国1位になったことがあり、先日もデイルームに自分の撮った写真が本に載っていたようで、それを自慢げに話していた。今はケアハウスで私が小学校を卒業するまでを収めた記録（8ミリビデオフィルム映写機からCDへの移し替え）作業をしてくれている。

8ミリビデオを再生させる機械が現代は少ないのでダビングをしているのである。いつだったか〝これを死ぬまでには終わらせたい〟と話していた。

私が思うに父はきっと、自分には功績があると自慢したくて褒められたいのだろう。第三者的に父を見れば、典型的な昭和人間で分かりやすい性格なのに母は合わせることができずに今まできた。

母は得意分野を活かす方法が分からず機会を逃し、それが父への反抗という形に表れたのだと推測する。

今回個展をしようと考えた理由に、私が離婚した際〝いつか彼を見返してやる〟と強く心に誓った時と同様、母にもそれに似た感情を父に抱いているように思ったから。

母82歳時の絵（バラ）

誰しも何かしら取り柄はあるもの。本当は笑顔一つでもいい、それが周りを救うことだってある。

私はこの機会に父の知らなかった母の一面を見てもらいたいと思う。

母の絵の才能を開花させようと施設では協力してくれる仲間がいて期待もしてくれている。

「えっ！　絵の個展の話は本当なの？　私大賛成！」

「うん。夢じゃないよ、3人で頑張ろうね」

その提案はきっと母にとって第二の人生を飾るものになるだろう、私にはそんな予感があった。

月に一度の家族旅行、それも母にとっては癒しになっているだろう。旅行には母の大好きな私の愛犬2匹も一緒だからだ。

いまの私にはコンビニの頃のパートナーとは違い新たに支えてくれるパートナーがいて（第二の人生？）、繁殖引退犬の女の子7歳と8歳になる犬と生活を共にしている。

2匹とも洞察力に優れ、状況把握ができる優しい穏やかな子たち。

よく犬と人間との縁はスピリチュアルな意味があるといわれているが、この子たちも同様に私たちと出合ったとき何かを感じ取ってくれたのだろうか。

娘が成長を遂げ静かになった我が家に新たな活気が戻った。無邪気でストレートに甘えてくる彼女たちの姿は、私の心を優しくする。繁殖犬として子を産んだ経験がある、それが〝母性〟という、周りを包み込む心を作ったのだろう。

短い期間に一つ一つ問題を解決できたのは、この子たちの〝飼い主を守る〟という強い力、意志が働いたからのように思う。

赤ちゃんになった日

母が入院した数日後、父は自宅の玄関前で尻もちをつき、そのせいで古傷の背骨骨折を悪化させてしまい、立つこともままならなくなって〝ベッドから起きれない〟と助けを求める電話があり、その日に車で迎えに行った。その足で近くの病院まで行き、詳しい検査が必要と言われ、診察後、大きな病院への紹介状と画像データなどを窓口で渡された。その日父は我が家で一泊し、もらった薬が効いているのか体調も良く、痛みを忘れ麻雀を楽しんだ。

翌朝、紹介状を持って総合病院で受け付けを済ませ受診すると〝背骨も大変ですが、内臓疾患の数値が良くないので今日から入院しましょうか〟ということになった。当日から絶対安静でナースステーション前の個室に入った。

コルセットをした父は、まるで戦国武将が鎧《よろい》を着けたみたいで、せっかくの電動リクライニングベッドだというのに操作することもできず、ただオムツをつけて寝ているしかない。でも逆に起き上がることを許されない父にしてみれば、それはある意味ラッキー。

食事は看護師さんにア～ンとお口に運んでもらえるのである。

その父の姿はオムツを付けられ離乳食のような食事で、まるで赤ちゃん返りのよう。想像すると、ちょっと恥ずかしいシチュエーション。

後日、ご飯はどうだった？　と聞くと、私と似た年齢の看護師さんだったらしく、父は〝若いお姉さん〟と笑っていた。

次回診察のあった日、その整形外科の主治医から手術を勧められ、どんな時も何に対しても慎重な父は、そのことをしばらく悩んでいた。手術すればどうなるのか？　しないとどうなるのか？　主治医と何度も話し合いの時間を持った。

父は先生に同じような質問を何度も繰り返し、自分に納得のできる答えを探っていたようだ。

私は今までどんな時も後悔のないように、しないより、するほうを選んできた。だから、先生と父の会話を横で聞いていて少しイラッとした。先生からは「難しい手術ではありません」とそうハッキリ言われているのに。

しかし先生は「してみないと結果はどうなるか分かりません」とも言う。たぶん、そう付け加えた先生の言葉が気になるのだろう。

私は父に「もう少し時間をかけてゆっくり考えよう」と言った。

その夜、夫にどう思うか聞いてみると、

「実際、自分がお義父《とう》さんと同じくらいの年齢に手術受けることになる、と考えてみ？　〝失敗して車椅子の生活になったら〟とか〝そうなれば周りにもっと迷惑がかかる〟そう考えたんじゃないか？　今だけじゃなくて先のことまで考えるお義父《とう》さんだから」

そう言われて父の性格を私より熟知している夫に驚いた。

術後当日の父は、酸素マスクとたくさんの管につながれていた。そんなビクとも動かず眠る父を見てすぐは、不安と心配で私の心はシュン太郎だった。〝がんばれ〟と祈るしかなくて、父の白髪頭を撫でて看護師さんに任せ、病院をあとにした。

——あの頃を振り返ると、目の前の状況に自分が追いつけなくて、毎日怖い顔をしていたんだろうなと思う。

病院から呼び出されるとドキッとしてとてもではないがお化粧をする気持ちにもなれず、ただ急いで車を走らせた。

過去にいろんな経験をしたといっても両親のことは初めてで、やっぱりドンと構えてはいられなかった。

でも、改めて感じたことがある。どんな問題が起きても周りに協力を求めれば誰かが助けてくれる、一人ではないということ。

ここでもまた完全看護の病院に救われたのだから。

信頼関係

3月、父の誕生日までにと急に退院が決まったので慌てて施設探しを始める。まずは私の家から車で10分圏内のところを探すことにした。入院してすぐに介護認定申請を出し、父は当時全く歩けず車椅子生活ということで要介護2をもらえた。

退院する頃には、コルセットをしているものの日々リハビリを頑張った結果、杖を使わなくても歩けるまでになり、主治医も〝奇跡の回復力〟と驚いていた。

父は来年90歳になる。

だからといって「家に帰りたい」と言う父に賛成はできない。根っからの戦前昭和の人間で、母と過ごしてきた約60年掃除や洗濯など一度もしたことがない。

台所で洗い物一つできない。そんな父が実家で一人暮らしなど考えられないのである。ご飯も作ったことがなく、お弁当を買うにしても「ご飯が硬いからイヤだ」と文句を言う人だ。そんなことを言わず、たまにはお弁当にして、母に休日というものをつくってあげてほしかった。

私から見ていて、たまに母は家政婦か？　と思うこともあった。でも、そうではなくて父は父なりの威厳と風格を守りたかったのだろう。周りに聞いてみると戦前昭和の人はみんな頑固と聞く。

つい父の話に夢中になってしまった。

施設探しには、一番に利便性を求めた。次に、以前アニマルセラピーという言葉を聞いたことがあって、愛犬たちが部屋に入れるということも条件の一つだった。私たちと愛犬との間には深い絆があり、人には噛みつかないという信頼関係がある。

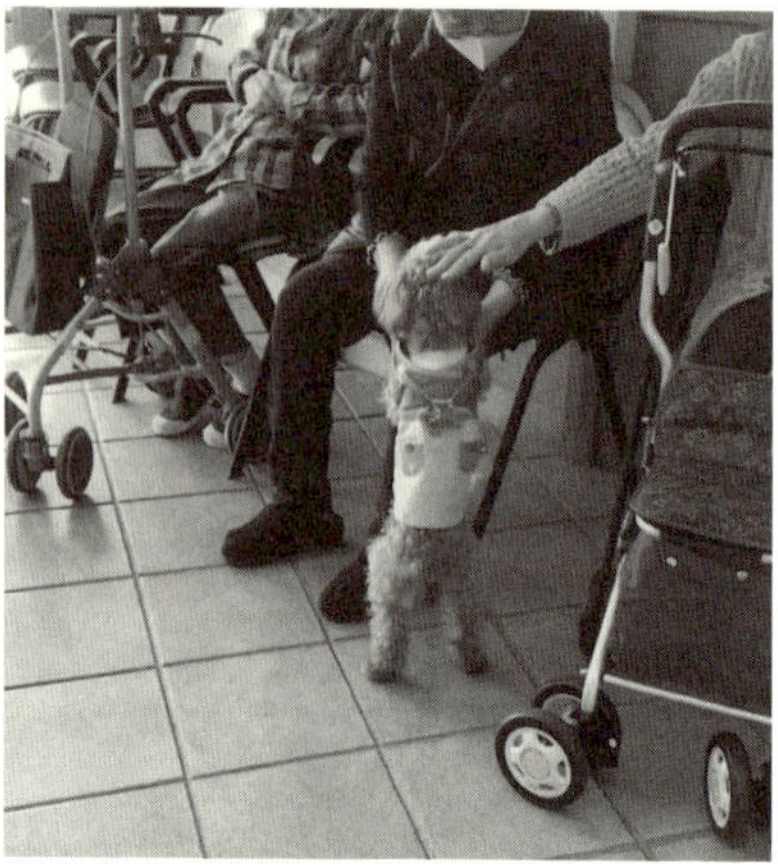
父のケアハウスにて

父の介護保険はまだ利用していなくて週に一度は部屋とトイレを掃除して、帰りに洗濯物を持って帰る。そんな時は必ず愛犬たちも一緒で、デイサービスから帰ってくるおばあちゃんやおじいちゃんたちにパッタリ会えば、彼女たちはすごくうれしそうに尻尾を振って自分たちにいい子いい子してくる人を探し、膝に手を置く。
「可愛いね～」という言葉は、声のトーンで褒められていると分かるのだろう。
「また来てね」と孫にでも話すかのように、おばあちゃんは犬に優しい言葉をかけてくれる。
彼女たちもまた、それに応えるかのようにワォオオンとうれしそうに鳴く。

周りは一瞬にして和やかな空気に包まれ私も幸せを感じる。そんな光景を見ていると、一度は繁殖引退犬という環境にいた彼女たちも誰かの役に立つという役割のために私たちと縁ができたのではないだろうか。その彼女たちの行動には、決して私たちには真似のできない、見返りを求めない優しさがある。

2年前に初めて繁殖引退犬を我が家に迎えたとき、私は姓名判断で名前を付け直した。リズから季鈴へ（漢字に変更）、彼女は名を変えると優れた学習能力と環境変化に適応できる子になった。

今年2月に同繁殖場から迎えた妹は紅（ベニ）だったが、鈴（ベル）と変更した。この子は根が優しく従順。二脚歩行で傍に駆け寄りソフトタッチで自分をアピールする。父の施設では人気者で、誰が私に触りたいの？　と言わんばかりに挨拶をして回る。

愛犬家に限らず動物を飼うものは、みな自分の子が一番可愛いと言う。

私もそんな親バカの仲間であり、この子たちを自分の子どものように思い、京

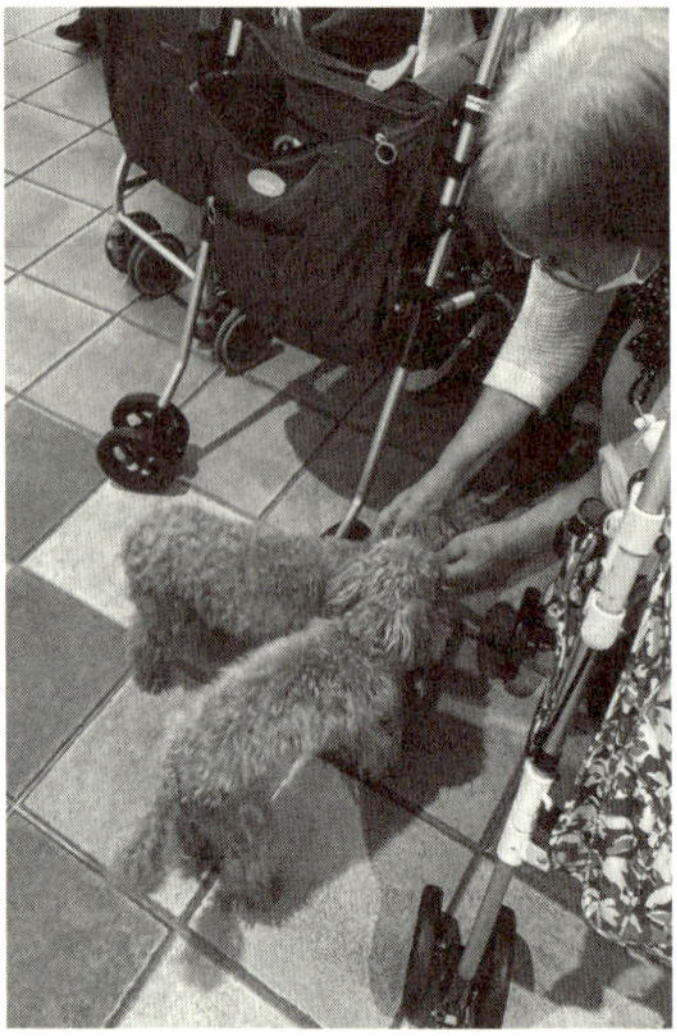

父のケアハウス　エレベーターホールにて

都祇園にある小料理屋さんであろうが行く先々へは、どこへでもお供をさせる。

元気なうちにできる限りいろんな経験をさせてあげたい。それは私たちに対してだけではなく、彼女たちが誰に対しても信頼を持ってほしいという願いからである。

環境の変化にも適応して置かれている状況も把握できるという、場に相応しい行動を見せてくれる彼女たちには、日々新たな発見があり、私たちを感動させてくれる。こういった穏やかな性格の引退犬や保護犬による活動がもっと世の中に広まることを期待している。

ここ数年で保護犬猫活動は盛んになり殺処分ゼロ運動を行う県市町村も増えて

きた。しかし家庭動物も同様、災害時の居場所、避難所への受け入れは必ずしも許されているわけではなく、賛否両論ある中、この問題について私は疑問に思う。震災での避難所アンケート調査によると犬の鳴き声やにおい、犬アレルギーで困る、などが挙げられているようだ。

それに関して〝部屋を区分すれば良いのでは〟と考えたりするが、避難所での生活は動物にとってストレスにもなりかねない。

まずは普段から飼い主自身が躾《しつけ》や健康管理をしておくこと、その意識こそが愛情であり大事ではないかと考える。

我が家は避難所へは移動せず車庫で過ごす予定をしている。

かごの中の鳥

父が入居した施設は、以前母が入院していた病院に併設されたケアハウスで、顔馴染みのスタッフさんがいて相談しやすく、身の回りのお世話をしに行くにしても家族のように接してくれて安心して父を任せられる。

それと、大きな決め手は部屋に犬を連れて行けるということ。

部屋のドアを開けるとちょっとした水屋と大きなクローゼットが付いていて、入り口にはトイレとシャワーと洗面台がある。南向きでオシャレな出窓がうれしい。6階なので眺めも最高。

一緒に見学に行った時〝私も将来ここがいい〟と思ったくらいだ。

その施設はデイルームも充実していて、好きな麻雀もできるから父にとっては願ったり叶ったりだろう。ただ、団体生活だから実家にいた時のようには勝手ができない。

たとえ見えている施設の玄関前の自販機であっても、外へ一人でジュースを買いに行くことは許されない。

それは危険に対する配慮からで家族も承知している。でも少々父が不憫である。鳥かごの中にいる生活のように感じて。

まぁ、入所したばかりで、まだまだ実家への用事もある。その機会に父が羽を伸ばせるよう段取りをすることにしよう。

入居するにあたって住所は施設と同じ管轄内であること、と決められている施設もあるが、ここは病院のケアハウスということで父の場合移さなくて済んだ。しかし基本、看取りがない。その点については、今後父と相談しながら決める予定をしている。

今回両親のことでは、年金の仕組みに始まり入院施設のこと、市役所への申請、

「医療費控除」「介護保険」「デイサービス」ケアマネージャーの役割など、たくさん勉強させてもらえた気がする。

何も知らなくて自分が恥ずかしい思いをすることも何度かあった。

それでも近くにいてくれるということは、私にとって有り難いし、すぐに会えることもうれしい。

ちょうどこの頃、家のリビングルームの窓辺にツバメが時々遊びに来るようになって、何かうれしいことが起こるのか？　と期待した記憶がある。

この20年近く実家を離れていたことで、随分両親には淋しい思いをさせてしまった。

でも、旅行に行った夜に母から言われたことがある。

「私は普通の人生でしかなかったけど、あなたには行動力がある。私にもそんな勇気があったら、もっといろんなことに挑戦できたように思う。これからも、その自信を持ち続けてほしい」と。

その言葉を母から聞けたときは、自分の気持ちも少しは軽くなった。

昭和の初め頃は親の決めた縁談も多かったようで、兄弟の順番、姉妹の順というのは当然で、夫婦間で問題が起きても周りや兄弟のために自分の思いを押し殺し我慢をする、そんなことは当たり前だったようだ。

現代とはかなり違う。近年では2分に一組が離婚？　そう考えると、60年も連れ添うなんて父も母もそれなりの苦労はあったに違いない。

夫婦二人の娘ということを忘れ、28歳から好き勝手に歩いてきた私。

文句は最初の一言だけで、遠くからずっと見守ってくれていた両親には本当に感謝しかない。今は父や母との時間と距離をほんのわずかでも埋めたいと思う。

いつまでも元気でいてね。

今まで自然とできていたことが急にできなくなる、それも60歳に手が届くようになって、やっと分かるようになった気がする。

〝何言ってるの、まだまだ青い〟と言われるかもしれないけれど。

自己満足

母が病院から施設へ移りしばらくすると、〝みんなで旅行に行きたいわ〟と言い、その日から計画を立てた。

旅行にはあるネットサイトを利用していて、近場の軽い旅行はちょくちょく出かけていたので3千円分は貯まっている。私の場合、基本は10％オフで、さらにポイントアップ分が2・2％なので行かなきゃ損だ。

先月も夫の父のお参りのために京都に行ってきた。お盆にと思うけれど、7月になれば祇園祭も始まり車移動だと市内は渋滞してとてもじゃないが動けない。だから少し早めたわけだ。そのお参り旅行には母も同行し、高瀬川沿いの一軒家に泊まった。高瀬川といえば歴史小説（森鷗外）『高瀬舟』の舞台にもなった川で、この辺りの下流は幅3メートルほどの小さな川。四季折々、せせらぎにも風情が感じられる。以前にも3回くらい泊まったことがあって、気持ち良い朝が迎えられることを知っていたので母を連れてきたかったのだ。

昼間歩き回れば疲れるだろうと予測していたので四条の百貨店地下で京弁当を買い求め、夜は涼しく部屋で食べた。その日はまだ6月の終わりだというのに、気温は30度に達していた。

夜にくつろいでいると母が〝私たちだけでなくお父さんとも一緒に旅行に行きたい〟とまた口にした。一時は父のことを敬遠するくらい神経がピリピリしていた時期もあったが、母のその言葉を聞いてようやく落ち着いたのかと安堵した私だった。

〝そうだね、4月に施設に入ったお父さんもそろそろ慣れただろうし計画してみるよ〟と言った。

それから1か月後、例のネットサイトでポイント割引を利用して予約をしてお

蒲郡市の旅館の夕食

いたホテルへ。車で1時間くらいの海の幸が美味しい場所へ家族4人と犬3匹で向かった。ホテルの部屋は6階でオーシャンビュー、眺めは最高！

料理も部屋に運ばれ、女将さんが、

「後はごゆっくりお召し上がりください。ご飯のお代わりはご自由です」

さぁ、食べよう！　としたら、父が、

「オナラかも？　あかん、間に合わん」と言う。

「少し出たかも」と言うのだ。

トイレに行ったものの、時すでに……。

実は、旅行に行く3日前からお腹の調子が悪いと父から聞いていた。

だから父は行くことを前日まで躊躇《ためら》っていたのだ。

それなのに「大丈夫よ、今度なんて言っていたら、いつになるか分からないから」と強行突破して連れてきてしまって。

その時の私は二人とも退院できたことがうれしくて有頂天になり、舞い上がっていたのである。スマンと謝る父に悪いことをしたと思った。

「ご飯の前にそのままお風呂に入ろうか？」

父にそう言うと、母が、

「そうね、そうしたら？　お父さん」

と言って、湯船にお湯を溜めた。

部屋に付いている浴室の湯船は深い、これまた大変。足が自分の思うように上がらない。

父にしてみればご飯どころの騒ぎではない。身体くらいは洗い終わったかと見に行くと、今度は母が父の後ろへ回り脇から抱えようとしている。

「ちょっと待って！　私が代わるぅ。そんなことをしたらお母さんまで腰痛くなってしまう」

驚いた～まさか父を持ち上げようとするなんて。

母はその時、

「ごめん、違うのよ。お父さんと旅行に来るのも最後になるかもしれないから、今日くらいはって思って」

そんなふうに考えてのことらしい。

「楽しいはずの旅行を台無しにして悪いなぁ。ほんとにスマン。だから行くことを迷ったんや」

「私こそ、ごめん」と言ったところで今さら父に恥ずかしい思いをさせてしまったことを取り消すことはできない。

薬は持ってきてあったが下痢止めがなく、父の施設長さんに電話で相談をした。

市販薬を試してみようということで携帯電話の検索機能を使い、近くのドラッグストアへ夫が車で買いに走ってくれた。父はきっと今、楽しくないだろう。

顔を覗き込むと、父は思うようにならないお腹に困り果てている様子だった。

朝になって父にお腹の調子を聞くと、

「まだスッキリしない、微妙に痛い感じがする」

と言い、

蒲郡市吉良ワイキキビーチにて

「少しは眠れたの？」

と聞くと、

「ん？　あんまり寝てない、まぁ、ええわ」

と答える父だった。

私にはもう一匹犬がいて、もうすぐ16歳になるシニア犬。

その子がたまに粗相をすること

もあるので、後始末は何も苦に思わない。食べれば出るのは当然のことで硬いか緩いかだけのことである。

今回の旅行は美味しいものを食べさせてあげたいという、ただの私の自己満足に過ぎなかった。考えてみれば父も母ももう80歳を過ぎていて、私たちと同じ量は食べられないのだ。

両親と一緒に旅行した記憶は10年前、あの頃は確かいっぱい料理があったけれど、ほとんど残さず食べたねなんて話していたような気がする。

今度もし出かける機会があったなら、父と母の体調が万全な時にしようと思う。

ジャスミンティーで眠る夜

市の広報紙や自治体の冊子には高齢者相談や認知症に関する相談のコーナーなどもあって、日頃から目を通していれば役立つこともたくさんある。でも、急を要する場合の対処はなかなか難しい。相談の予約日がひと月先になったり、どうかすると2か月先だったり、すごく時間がかかる。

高齢の父や母を世話する家族にとっては、毎日が非常事態で深刻な問題。目の前にある現実問題なのに、呼べばすぐ来てくれる救急車のようにはいかない。そうなると、どこに相談すれば良いのか。急に問題が起きたとき話し合える家族や環境はあるのか。

介護にお金がかかるからと何もかも自分で背負うことも私の経験から、疲労や心労で自分が倒れかねない。各町にある組には民生委員という役員さんがいて、そこに相談する方法もある。相談窓口は市や町だけではなく、認知症専門外来の医師や精神科の医師も受診をすれば協力もしてくれる。一人で悩まずに誰かに大変なんだと声をあげることも元気な自分でいるためには必要なことだと思う。

高齢化社会といわれる今、家族だけでなくそこに関わる自治体や地域とも一緒にこの問題に向き合いたい。

睡眠薬とアルコールの併用から妄想や幻覚という症状が現れた母。その母もまた、私から見れば被害者。眠れないといえばすぐに処方される睡眠薬。

怖いのは、処方に従わず誤った飲み方をしてしまうことだ。

インターネットの情報や精神科の介護士さんによると、眠剤による副作用、その後遺症で悩む人は年々増えているという。もう二度と母に起こったような出来事を他の人には経験してほしくない。

時々母を施設から連れ出し、近くのカフェへ行く。

今日も一緒にアフタヌーンティーを楽しむ。

母はここに来るといつも「コーヒー飲むのは久しぶりだわ」と言う。

3日前にも飲んだのに。でも、そんなことは私にとって小さなことで今この瞬間、母が楽しければいい。

〝ジャスミンティーで眠る夜〟の原稿を母に読んで聞かせる。

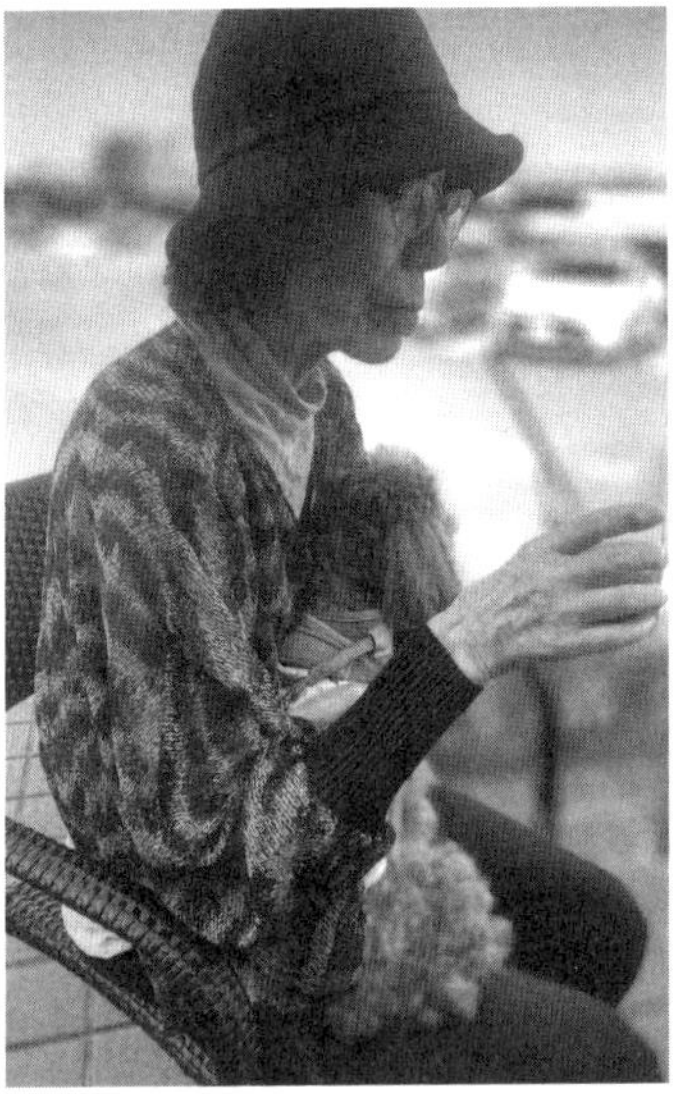
近くのテラスカフェにて

私が読み始めると母は自分の見えていなかった世界「憶えていない記憶」を知り、自分のポケットからティッシュを取り出し目と鼻を押さえた。声が出ないよう我慢しているようだ。
眼鏡の奥にある瞳には、周り

の景色以外にいま何が見えているだろう。

もしかすると、これから訪れるであろう転機が母には見えているのかもしれない。

原稿を読み終えると、

「これ本になるの？　楽しみね、差し絵は私が描きたいわ」

「私もちょうどお願いしようと思っていたの」

そう言うと、潤んだ瞳で母は呟いた。

「私の夢を叶えようと考えてくれたのね、ありがとう」

おつかい蟻《あり》は今日も

朝早くに父から電話がかかってきた。

お菓子が残り少なくなったというのである。

いま一番お気に入りのお菓子は、某メーカーばかうまという名のあられ。

しかも4パックも注文してきた。信じられないわ。自分で理解しているのだろうか、塩分取りすぎで大根足になっていることを。

そんなふうに思いながら今日もスーパーへ買いに走る私。

以前内科の先生に、〝腎臓も心臓もかなりお疲れになっているようです〟と言われ、最初のうちは心配していたが、どうも先生も〝好きにさせてあげましょう〟というニュアンスで、私もタバコさえやめられない人に何を言ってももう無駄だと、ここ数か月父に対する考え方も変わってきた。

今でこそ毎日ではなくなったが、施設へ入所した日から私の戦争は始まり、バスタオルが足りないといえば走り、〝メモ用紙がない、鉛筆削りがない〟、どこかにメモしておいて3日に一回にしてよと電話で文句を言う私だった。洗濯物は3日に一度くらい洗って届ける。

でもそれはもしかすると顔を見るための口実で、一人部屋にいるのが淋しいのかもしれない。

この前、総合病院の診察が終わって支払いの順番を待っていると、〝週に一度は顔見せてくれな〟なんて言ってきた。最近は介護保険を利用して洗濯も掃除もしてもらえるようになったので、家にいる時間も増えてやっと執筆活動に専念できるようになってきた。父の部屋にあまり顔を出さないのは、この原稿を早く書き上げて父が元気なうちに本を見せてやりたいと思っているからで。でも、土日のどちらかには顔を出すことにしよう。

いま実は、自分の好きなお香の伽羅《きゃら》を楽しみながら書いている。母が精神科に入院していた頃、心を落ち着かせるために自分へのご褒美として買ったものだ。この香りを嗅ぐとスーッと精神状態が安定してアタマが冴えるの。

思い返すと本当に目まぐるしく時は過ぎてきた。何を急いで時は流れる？　というほど。思い出した！　両親が住んでいた実家の後片付け、あれは特に大変だった。流しの下の醬油の瓶、使いかけのサラダ油、胡麻油にみりん、流しで洗ってから瓶、缶、プラスチック、金属アルミと全て分けなければならなかった。夏が近づいていたから、においを思うとそのままにしておけなかった。

一つ一つ片付けながら母のことを考えていた。

〝どうしているのか、膝は痛くないかな？〟と。

母がまだ精神科に入院していた5月半ばを過ぎた夜のこと、タバコを吸いにベランダへ出てみると、今までに見たこともないような大きな月があった。

一人で見るのはもったいない、空のお月様すごくデカいよと伝えたかった。

感動を伝えたくてもすぐに連絡ができない、共有できない歯痒さ、ものすごく心が痛かった。今までいかに普通で幸せだったかということを再確認した時期。だからこそ、これからはほんの小さな感動でも一緒がいい。美味しい和菓子も洋菓子も、面白かったテレビ番組の内容でさえも共有したいと思う。

旅行に出かけ、しんみりした夜に聞く母の幼かった頃の姉妹の話や両親との思い出、若かった頃の恋愛話、そんな時代の流れによる様々な事情の違いを楽しめることも母との旅行の醍醐味。

父とは若い頃からあまり話す機会がなく、というより、私自身知ろうとしない自分がいたというべきだろうか、幼い頃から両親は喧嘩ばかりで、私のほうから見ると父が母を叱るイメージのほうが強く、いつしか〝自分目線でものを言う父〟そんなイメージになってしまっていた。

でも最近は違う。前に比べれば顔つきも言葉も優しくなったから。

母と同じように共通の趣味や話題を見つけて、一緒に遊ぶ・話す時間を増やすのもアリかな。

父も施設入居から3か月が過ぎて落ち着いたのか、母の施設での生活も気にかけてくれるようになって、〝ばあさんの様子はどう？　ご飯普通に食べて、元気してるか？〟と私に聞いていた。〝今またコロナが流行りらしくて、施設には行けないから、よく分からない〟そう答えると、

〝そうか、それなら仕方ないなぁ〟

と電話を切ったが、今しがた父からまた電話で、

「あかん、今朝、熱測ってもらったら37・2度ある。朝ご飯も部屋にお持ちしますと言われて……」

「そうなん？　じゃあ今日はお菓子を届けに行けないね」

「ううん、そうなぁ。仕方ない、我慢しとこうか」

と電話を切った。

いつまで続くのか流行り病は。熱が37度を超えるだけで家族は引き離されてし

まう。若い頃からの糖尿病、父がそんなのにかかってしまえば合併症で命の危険すらある。背骨骨折の手術が成功してせっかく元気に歩けるようになったのに。

あ〜、でも欲しいと思ったら我慢できない父。やっぱり届けるべきか。

仕方ないなぁ、今日もおつかい蟻《あり》か。

出入り制限のある部屋には私がコロナにかかっても感染すらしなかった夫に頼むことにしよう。

父の大好きなサイダーとお菓子を届けに。

おわりに

いざ書こうとパソコンの前に座ってみるものの当時のことが一つ一つ頭の中を駆け巡り、なかなか思うように筆が進まなかったというのが本音です。短い間に自分でも予測がつかなかった事ばかり起きたのですから。しかし、それらは貴重な経験となり普通の日常がいかに大切かを教えてくれる結果にもなったのです。

第二の人生に向けて再始動。次は〝両親の余生にどう関わっていくか、どう向き合うか〟それが私の今後の課題です。

読者の皆さまに、「家族と優しく接していますか？」と、考えるきっかけにして頂けると幸いです。

書き続けて5年、夢だった孫へのプレゼント（私の本）、ようやく叶うときが来たようです。

よく後世は犬か蟻《あり》か猫か何に生まれ変わるか分からないといわれるけれど、私は何度生まれ変わっても今のお父さんお母さんの子でありたいと願う。

こんな娘でも許してくれるのなら。

著者プロフィール
矢田 晴巳（やだ はるみ）

1965年、東京都江東区生まれ。

20代で京都祇園クラブのホステスに始まり、パン店経営、コンビニエンスストア経営など、数多くの職を経験してきた。

現在は、専業主婦ときどきシニア専門パン教室をしている。

執筆活動は、童話を中心に10年前から進めていたが、本腰を入れたのは5年前。今後は恋愛小説も執筆予定。

ジャスミンティーで眠る夜

2025年3月15日　初版第1刷発行

著　者　矢田 晴巳
発行者　瓜谷 綱延
発行所　株式会社文芸社
〒160-0022　東京都新宿区新宿1－10－1
電話　03-5369-3060（代表）
03-5369-2299（販売）

印刷所　株式会社フクイン

ISBN978-4-286-26334-2